D1715234

jardín

© 2014, Pablo Simonetti
c/o Guillermo Schavelzon & Asociados Agencia Lit.
www.schavelzon.com
© De esta edición:
2014, Aguilar Chilena de Ediciones S.A.
Dr. Aníbal Ariztía, 1444
Providencia, Santiago de Chile
Tel. (56 2) 2384 31 91
www.alfaguara.com/cl

Alfaguara Grupo Editorial S. L. U. es una empresa
de Penguin Random House Grupo Editorial

ISBN: 978-956-347-802-0
Inscripción Nº 244.362
Impreso en Chile - Printed in Chile
Primera edición: septiembre 2014

Diseño:
Proyecto de Enric Satué

Imagen de cubierta de la serie *La primavera* e ilustraciones interiores:
José Pedro Godoy

ALFAGUARA

jardín

Pablo Simonetti

En memoria de mi madre,
Eliana Borgheresi,
por haberme regalado un jardín para vivir.

Don Fabrizio se vio contemplado por dos gran-
des ojos negros que (...) lo miraban sin rencor,
pero cuya expresión de doloroso asombro era un
reproche dirigido contra el orden mismo de las
cosas.

El Gatopardo, GIUSEPPE TOMASI DI LAMPEDUSA

1

Ayer comenzó la demolición de la casa de mi infancia. Un amigo me puso sobre aviso. ¿Quiero ir a verla por última vez? Temo que brote la culpa por mi desidia al momento de venderla. Sin embargo aquí estoy, hundido en el asiento de mi auto, arropado con un chaquetón que me pesa y una bufanda que me quita el aire. Intento protegerme de este día de invierno y de cualquier otra inclemencia, ojalá conservar la sensación de que voy camino a espiar el final de una familia ajena.

La bruma se percibe cuando las avenidas se abren hacia la cordillera o hacia el cerro San Cristóbal. Los macizos impávidos bajo el aire quieto no logran calmar la agitación de la ciudad ni la mía propia. Entro a la calle Las Salvias. Freno de golpe al abrirse ante mí la visión de la casa. Me bajo corriendo. Los escombros se erizan para impedirme el paso. Solo los cuerpos extremos se conservan en pie: el comedor a mano izquierda, los dormitorios a mano derecha. De la cocina sobrevive el piso de baldosas. La posibilidad de ver el jardín desde la calle me llena de vértigo, de un pudor insoportable. Alzo los brazos. La retroexcavadora se ha ensañado con el tulipero, el gran árbol de mi niñez. En cada uno de sus embates, la bestia desgarra troncos y ramas, dejando a la vista bocas que gritan astillas amarillentas. El ruido que emite el motor cuando se alza el cuello mecánico contra el cielo gris no es diferente a un rugido. Continúo agitando los brazos en alto, pero el operador está de espaldas a mí. Monta al monstruo con habilidad y cierto apuro por terminar con su enemigo. Ahora los dientes de fierro se hunden furiosos en la tierra una y otra vez hasta que logran arrancar la ancha base del tronco y exhibirla raíces arriba, como un trofeo de batalla. La máquina se apacigua, inclina la cabeza para contemplar el árbol que yace como un muñeco desmembrado a su alrededor. No me consuela que la bestia se haya aquietado y ahora ronronee inofensiva. Se asemeja a la ternura con que los violentos arrullan a sus amadas víctimas.

En los doce años que estuvo deshabitada, pasé por fuera de la casa una sola vez. Iba en auto por Manuel Rosales, la avenida principal del barrio, y sentí curiosidad por verla. Avancé despacio por Las Salvias, recordando a qué familia había pertenecido cada casa: los Soto, los Donoso, los Santana, los Benavente, los Slattar, los Díaz, los López, los Schapiro. Los árboles se veían tristes; los antejardines, invadidos de malezas; la calle, vacía y ominosa. En la vereda norte se alzaban casas diferentes una de la otra, mientras que una serie de casas pareadas recorría la vereda sur: de construcción idéntica —una L de dos pisos y techo a dos aguas, con la parte corta avanzando hacia la calle y la parte larga uniéndose a la casa contigua por el extremo—, habían perdido las particularidades que sus viejos dueños les habían dado, claro indicio de la soledad que reinaba en su interior.

y de la familia moderna?

El nuestro había sido un barrio residencial que floreció a principios de los años cincuenta. La mayoría de las mujeres eran dueñas de casa y se encontraban durante la mañana en la panadería o en los pasillos del pequeño supermercado. Por las tardes, ya libres del colegio, los niños poblábamos sus calles de juegos, y cada moneda que caía en nuestras manos la gastábamos en el quiosco que vendía cómics, álbumes de «monitos» y una escasa variedad de dulces. Al anochecer regresaban los hombres de trabajar y era mi padre quien me llevaba los sábados a la peluquería de la esquina o a comprarme zapatos en la tienda Bata. Décadas más tarde esa rutina se había extinguido y las fachadas postizas de

ejemplos de como era "la familia" hace muchos años

comercios y restoranes habían encubierto la antigua traza del lugar.

Me detuve frente a la construcción de un piso y techo plano que había sido mi hogar hasta que terminé la universidad. A la izquierda se levantaba un muro en ángulo recto que escondía el patio de servicio. Al centro se abría desde la calle el estacionamiento empedrado que llegaba hasta los pies de la puerta de entrada. A la derecha, en forma simétrica al muro de enfrente, la reja de fierro blanca se hallaba cubierta por una copiosa flor de la pluma. La enredadera era una de las primeras habitantes de la casa y sus raíces profundas la habían salvado del abandono. A mi madre le gustaba especialmente en invierno, cuando se desnudaban sus guías gruesas y leñosas y podía verlas serpentear entre los fierros verticales. «Mira la fuerza con que se aferra», me decía al pasar junto a ella.

Esa tarde no fui capaz de revivir ningún recuerdo de niñez. Las consecuencias que tuvo la venta de la casa habían cristalizado en una dura costra de indiferencia. Mi memoria se rehusó a cruzar la puerta de madera y entrar en los cuartos de paredes blancas y cielos entablados. Ni siquiera se atrevió a internarse a través del camino que se iniciaba en una portezuela de la reja y que luego de rodear el ala de los dormitorios desembocaba en el jardín. La decrepitud que percibí en la martelina desconchada del muro lateral, en las maderas sedientas de una mano de barniz y sobre todo en el extraño jeep que yacía en el estacionamiento, sucio y con los cuatro neumáticos sin aire, me hicieron sentir aun más indiferente. Tal vez si hubiera bajado la ventana del auto, el aroma de la flor de la pluma habría resquebrajado esa costra de golpe.

quiere decir que si se hubiera bajado del auto para acercarse qué se sentiría diferente.

2

Habíamos salido a recorrer el jardín. Mi madre se veía contenta. En su rostro se mezclaba la usual expresión nostálgica con una vitalidad que dibujaba en sus rasgos líneas de alegría y hasta de cierto optimismo. Las camelias, azaleas y rododendros habían alcanzado su esplendor. Desde que tenía recuerdo, me había admirado su tesón para reunir y cultivar esos arbustos indóciles al clima y los suelos de Santiago. Cada año en esa época volvía a asombrarme ante la rara belleza de esa congregación de plantas acidófilas, reunidas bajo la sombra de un bosquete de tres quillayes, colonos de esas tierras desde antes que la ciudad los alcanzara.

Ahí se mezclaban ejemplares de azaleas comunes con las más escasas y llamativas azaleas molli, o las más delicadas, blancas y aromáticas azaleas himalaya. En un segundo plano crecían los rododendros, de crecimiento vertical, con cabezuelas de flores que iban desde el blanco hasta el violeta, pasando por lilas y rosas poco frecuentes. Junto a ellos se alzaban las más densas camelias, algunas de ellas con botones blancos

las flores simbolizan los hijos, su crecimiento

que se mezclan

y rojos, fruto de algún injerto realizado por mi madre.

Entre sus amistades y parientes, Luisa Barbaglia era reconocida por su extraordinaria disposición para escuchar a los demás, pero cuando les mostraba el jardín hacía sentir su autoridad sobre el lugar y los saberes de la jardinería. De niño, la acompañábamos con mi padre en sus viajes a Angol, en la Región de la Araucanía. Pasábamos las noches en el altillo de una vieja y crujiente pensión de madera y los días recorriendo viveros de la zona, en busca de alguna variedad todavía por descubrir.

El sur de Chile se presta para el cultivo de estas especies, por las lluvias abundantes y los suelos ácidos, opuestos al clima semiárido y la alcalinidad de la tierra de la zona central. A través de los años, mi madre había perfeccionado un calendario de enmiendas a la tierra que le permitía conservar el suelo enriquecido y acidificado, protegiendo sus tesoros de los efectos de la temida clorosis. Había estudiado también las cuotas de riego y durante las tardes más calurosas del verano les daba un baño refrescante. Poseía una sensibilidad especial para darse cuenta cuando una planta no estaba en su plenitud. Con solo mirarla de lejos adivinaba qué clase de problema elemental —sol, agua, suelo— o plaga la estaba afectando.

Yo me había interesado hacía poco en los libros de jardinería que ella guardaba en su dormitorio y ya sabía lo suficiente para no perderme con los tecnicismos. Con mi pareja habíamos comprado un sitio en los cerros de Puchuncaví, y la idea de plantar un jardín nos entusiasmaba tanto como la de construir una casa.

Ese año 2000 había sido particularmente lluvioso. Las plantas se veían llenas de vigor. Pero mi madre me hizo notar que las azaleas molli no habían florecido como en otras temporadas. A causa del Fenómeno de El Niño, me explicó, el invierno había sido menos frío de lo normal. Y en las plantas de hoja caduca, el frío acumulado era un factor importante para la floración.

Celebró la azalea salmón. Pese a ser una molli, se había cubierto de flores. Hasta nosotros llegaba su frágil aroma. Se preguntó si tendría un ancestro tropical. Yo sabía que era su preferida, mi madre la llamaba «su» azalea. Le había costado trabajo conseguirla. Uno de los viveristas de Angol se negó durante años a vendérsela porque no lograba reproducirla. Era de crecimiento más etéreo y vertical que el de sus compañeras, a medio camino de convertirse en uno de sus primos los rododendros, pero sin alcanzar su tamaño y robustez. Decía que el color de sus flores se hallaba justo en el centro del arco de tonalidades de las molli, que iba desde el amarillo pálido hasta el fucsia anaranjado, pero que tenía la gracia de ser más sólido y uniforme. Más puro.

Nos acercamos a la casa por los caminos de piedra laja que recorrían el jardín. En las zonas de desnivel iban acompañados por muretes de contención construidos con las mismas piedras dispuestas de canto y en las más planas se transformaban en terrazas. En el cristal del comedor se reflejó la figura de mi madre. Tuve la impresión de que se había empequeñecido. Conservaba el aire soberano, la cabeza y el pecho erguidos, el pelo cuidadosamente peinado. Siempre iba con la falda apenas debajo de la rodilla. Sus piernas delgadas y sin efectos visibles de la edad eran la envidia de mi hermana Fabiola. La piel oscura junto a la nariz larga y algo torcida recordaban los orígenes italianos meridionales de su padre, pero su carácter más bien reposado era propio de la línea materna de raíces chilenas. A los setenta y seis años, su única enfermedad grave había sido una depresión y los bronquios constituían su punto débil. La agradable tarde de inicios de primavera no la había disuadido de echarse sobre los hombros el chal de alpaca que fue de mi padre, ni de mantenerlo aferrado con una mano sobre su pecho.

Justo frente al living, en el lugar de mayor protagonismo del jardín, crecía una camelia roja. ¿Me había contado por qué la había plantado ahí y no con las otras? En las conversaciones familiares la llamábamos «la camelia del papá». Yo recordaba a mi padre sentado en su bergère junto a la ventana, preguntando si habíamos visto lo bonita que se veía la camelia florecida. Había sido ella quien primero la había plantado en ese sitio y después él había movido el sillón junto al ventanal. Yo debía tener presente que las variedades rojas no necesitaban ni tanta sombra ni tanto cuidado como las demás. Y no sufrían de botritis, lo que representaba un gran alivio. Si me fijaba, era la más grande de todas. Ella había visto verdaderos árboles de camelia en el sur, pero en Santiago no crecían tanto. No debía de medir menos de tres metros de alto ni de diámetro, incluso había sobrepasado el alero de la casa.

Me hablaba con sus alargados ojos negros, perdidos entre los párpados laxos. Yo aún creía ver en ellos la curva ascendente de sus comisuras. Durante su juventud y su madurez ese rasgo le había conferido un aire exótico del que se ufanaba. No recuerdo haberlos visto habitados de malicia, burla o descaro, tampoco de vanidad. Estaban poseídos por una tristeza compasiva. Y si alguna vez los vi contrariados, su protesta iba dirigida contra el orden mismo de las cosas.

—A César le gustaba que la camelia fuera sana, resistente, de flores abundantes y sencillas. No se avenía a la idea de criar plantas que requirieran de tantos cuidados. Estaba orgulloso de que su casa tuviera un bonito jardín, pero como si se tratara de una pintura, no de algo vivo —me dijo, expresando sin querer las diferencias que tuvo con mi padre en casi todos los aspectos de su vida en común.

Franco nos esperaba en el estar. Me extrañó que mi madre no celebrara su presencia como solía hacerlo cuando alguno de nosotros la visitaba por sorpresa. Él le dio un abrazo efusivo y la saludó con su personal, «hola, Vieja», fórmula que no respondía a ninguna de las convenciones familiares: Mamá, Mamita, Mami, Nonna, Nonna Luisa.

—Hola, mi lindo, no pensé que iba a venir hoy.

Con solo verlo, ella había percibido la energía en movimiento que proyectaba Franco cada vez que se traía algo entre manos, cuando era heraldo de una noticia que iba a impactar el mundo más quieto y privado, más litúrgico, que se vivía al interior de la casa familiar.

Era el segundo hijo, cinco años mayor que yo, tres menor que Fabiola, y estaba a cargo del negocio de la familia: el taller de reparaciones, compraventa de autos y oficina de representación Honda que había fundado nuestro padre, conocido por todos como el *garage*. Franco era diez centímetros más bajo que yo, más ancho en proporción, casi calvo a sus cincuenta años, el único que había heredado los ojos grises y la nariz aguileña de nuestro abuelo paterno. Poseía una personalidad extrovertida, amistosa, dominante, la polaridad entre sus reboses de cariño y sus turbiones de mal carácter mantenían a su mujer y a su familia en vilo.

En comparación con él, yo era un tipo ensimismado, me había vuelto menos sociable, me gustaba estar tranquilo, abstraído, sin sufrir sobresaltos. Me resistía hasta el último momento ante la necesidad de salir a comprar o a realizar un trámite, y de no haber sido por las facilidades que me daba el *garage*, lo más seguro es que ni siquiera habría tenido auto. Mis ojos no albergaban ni una gota del optimismo y la tenacidad que encendían los de Franco. Había quienes elogiaban mi «mirada transparente», comprensiva por lo tristona, aun cuando en mi fuero interno dominara un pequeño dios receloso y enjuiciador.

Fabiola y mi madre insistían en que Franco había heredado los genes paternos y yo los maternos. Bastaba mirarnos. A decir verdad, yo me parecía bastante a los tíos

Barbaglia y él a los primos Onetto. Y aun así, la gente que conocía a uno de los dos, cuando veía al otro por primera vez, adivinaba que éramos hermanos. Algunos aseguraban que nuestro parecido residía en la forma de la cara, la mandíbula fuerte, más ancha de lo normal. Otros, en que mostrábamos cierta vehemencia «italiana» al hablar.

La sala de estar me hizo sentir protegido de la energía que desplazaba Franco. Entre esos muebles sencillos y esos libros polvorientos, los problemas más graves se veían desarmados por una suerte de sabiduría doméstica, nada podía ser tan terrible ni tan definitivo como para que la rutina y la memoria no pudieran encauzarlo en el ritmo de los días similares entre sí.

—Recibí una oferta por esta casa —dijo mi hermano, e hizo retumbar el precio entre las paredes de la habitación.

La casa la habíamos heredado por partes iguales mi madre, Fabiola, Franco y yo, luego de que mi padre, César Onetto, muriera de un ataque al corazón en abril de 1990.

—Dígale a la Margarita que nos traiga té, Juan —me ordenó mi madre, recurriendo al tono menor que empleaba en ese cuarto—. No haga caso, mi lindo —se dirigió a Franco—, hemos recibido tantas ofertas. Yo no tengo intención de moverme de aquí.

la seguridad que se encuentra dentro de su propia casa.

—Es mucha plata —dijo él, abriendo los brazos y luego uniendo las manos en un ruego batiente—. Ahora se podrá construir en altura.

Cuando volví, encontré a mi madre sentada en el extremo derecho del sofá que cubría un lado completo del estar, su lugar preferido dentro de la casa. Ahí se refugiaba para ver teleseries, atender las llamadas de sus amigas, recibir las confidencias de sus visitas. Ahí jugó con sus nietos y ahora jugaba con sus bisnietos, ahí leía y escuchaba música. Me extrañó que hubiera dejado caer la cabeza hasta hundir el mentón en el pecho y que mantuviera las manos entrelazadas sobre la falda, como si rezara o se hubiera quedado transpuesta. Una postura en que la había sorprendido muchas veces en la vida, pero no cuando se hallaba en medio de una conversación.

—Tu hermano dice que van a comprar todo el barrio —dijo sin alzar la cabeza.

—¿Quiénes?

Me apuré a sentarme a su lado. Temí que Franco se me acercara en busca de complicidad. Tenía la costumbre de tocar a quien tuviera al alcance: te dejaba caer una mano en el hombro, en la pierna, a veces te abrazaba sin razón.

—Es una promotora inmobiliaria —respondió Franco, paseándose delante de nosotros—. Compran terrenos para después asociarse con las empresas constructoras.

Azuzados por el inminente cambio del plano regulador de la comuna, justo en el inicio de un nuevo ciclo de expansión económica, los hermanos Marinkovic habían decidido comprar el barrio completo. Pronto sería posible levantar en esas seis calles de una cuadra de largo, que iban desde Manuel Rosales por el oriente hasta Eloísa Hurtado por el poniente, edificios de hasta doce pisos de altura.

—Yo firmé una carta dirigida al alcalde para que no hiciera la brutalidad de cambiar el plano regulador —dijo mi madre por lo bajo, todavía en actitud de plegaria—. La Chepita me aseguró que había conseguido firmas suficientes para detenerlo.

La Chepita había sido una de sus compañeras de colegio, vivía en la cuadra vecina y se hallaba empeñada en salvar el barrio.

—Mamá —dijo Franco—, no es para amargarse.

Se acuclilló delante de ella y puso las manos sobre su falda. Mi madre alzó la vista. El sol se había escondido detrás del tulipero y lo perfilaba con un halo incendiado.

—Usted está aquí sola...

—Con la Margarita.

—Bueno, usted está aquí sola con la Margarita, rodeada de rayos de alarma, duerme con un botón de pánico debajo de la almohada, los vecinos ya no son los de antes. Si no vende, van a construir todo alrededor y tendrá que olvidarse de su privacidad. Imagínese el estruendo de camiones y máquinas, la calle llena de maestros. No irse es elegir quedarse en un infierno. Y si no la vendemos ahora, después la casa no valdrá nada.

—¿Tú necesitas la plata? —me preguntó mi madre.

Me tomó desprevenido. Ese dinero serviría para pagar el crédito que habíamos pedido Rodrigo y yo al comprar el terreno de la playa, ese dinero bastaría y sobraría para además construir la casa y plantar el jardín.

—El punto es dónde usted va a estar mejor.

Se me quedó mirando, seguramente desconcertada por la demora y la ambigüedad de mi respuesta.

—Hagamos una cosa —dijo Franco—. Del total que recibamos, descontamos el costo del departamento que usted quiera comprar, del porte que quiera, en el barrio que quiera. También todo lo que cueste arreglarlo y decorarlo. El resto lo repartimos. No nos vendría mal la plata después de estos años de recesión.

—He vivido cuarenta y siete años aquí, Franco.

[nota manuscrita: los pensamientos de Franco son distintos a los de su mamá]

[nota manuscrita: de verdad se preocupa por la madre?]

[nota manuscrita: no quiere cambio]

—Pero imagínese la cantidad de problemas que se va a sacar de encima. No va a tener que preocuparse de nada, ni siquiera del jardín.

—Precisamente.

Franco puso los ojos en redondo y esbozó una sonrisa. Ese gesto proyectaba cierta condescendencia juguetona antes que solidaridad. Había mencionado el jardín con todo propósito, apuntando a la principal objeción que ella pondría para negarse a la venta. Cubrió las manos nudosas de la mamá con las suyas, más grandes y recias, y se las agitó mientras hablaba.

—Ahora hay edificios que tienen jardines y parques. En La Dehesa construyeron seis alrededor de un parque antiguo, recuperado por no sé qué paisajista famosa.

—Usted no entiende, mi lindo.

Margarita apareció con el té, la piel alba bajo el delantal celeste, el grueso pelo tomado en un moño. Para llegar hasta el mueble mural que se ubicaba a la derecha de mi madre, le pidió a Franco que se levantara. Al dejar la bandeja junto al jarrón que siempre tenía flores frescas —fragantes narcisos amarillos esa tarde—, noté que la piel de la nuca se le había enrojecido a causa de la sutil excitación que experimentaba cuando venía gente a la casa. Pasaban mucho tiempo solas.

—No puedo quedarme, voy a jugar tenis con Carlos Armanet. Piénselo, mamá, no hay dónde perderse.

Bajo el traje de lino de mi hermano se ocultaba un cuerpo de deportista. Jugaba tenis, squash o raquetball cada vez que conseguía un partner, los que le duraban poco tiempo por culpa de su vehemencia competitiva.

—¿Carlos Armanet?, ¿el de la corredora de propiedades? —quise saber.

—Sí, claro —soltó ese «claro» como si yo hubiera puesto en duda la posibilidad de que tuviera amistades «conocidas».

—Sería bueno escuchar su opinión. Debe de ser una de las personas que más sabe de estas cosas en Chile.

—Para qué le va a preguntar la opinión a un corredor, mijito —me recriminó mi madre—. Solo quieren que las casas se compren o se vendan. Cualquier propiedad que se esté quieta los aflige.

—Ya le pregunté —dijo Franco desde la puerta—. Su recomendación es vender. Ahora o nunca. Eso dijo.

3

Fabiola consideraba que esta era la última oportunidad para sacar a nuestra madre de esa casa. Se estaba muriendo ahí, ¿no me daba cuenta?

La alarmante melodía del celular me hizo soltar un gruñido. Estábamos acostados, leyendo el diario. Rodrigo era diez años mayor que yo, bajo y corpulento, de panza y pecho velludos, dueño de un grueso bigote que fue mi envidia desde que lo conocí, y mi fascinación. A su vez, él envidiaba mi «facha» y mi cabeza con todo su pelo. Como una forma de preguntarle su parecer sobre si tomar o no la llamada, le enseñé el nombre en la pantalla del celular. Él asintió y levantó las cejas para darme ánimo.

Mi hermana no es de conversaciones breves. Tiene la habilidad de engarzar cada frase con la siguiente, dejándole a su interlocutor escasas oportunidades para dar su opinión o contarle de su vida. Somos cercanos, nos entendemos bien, tenemos rasgos y gestos parecidos. Después de años de ejercicio como profesora de enseñanza básica, se había convertido en una ceramista

asombrosa y preparaba una muestra en soli-
tario para el Museo de Artes Visuales. Había
hecho una escultura especialmente para mí,
una pieza de unos cuarenta centímetros de
alto que puse sobre mi escritorio. Me gustaba la textura de piedra de río y el color ceniza
que había logrado darle a la superficie, y el
gesto revelador de las curvas laterales, único
indicio de que se trataba de un torso. Inspi-
rado por su ejemplo emancipatorio, yo también me retiré de mi puesto como ingeniero
de sistemas de una multitienda, con el fin de
estudiar un magíster en Estética. En algún
punto había comenzado a diseñar sitios web
desde mi casa, con especial dedicación a los
que tuvieran contenido artístico.

Al teléfono, Fabiola argumentaba que
la mamá vivía en penumbras, sintiendo la
presencia de nuestro padre en todas partes,
poseída por la nostalgia. A pesar de que nos
tenía a nosotros, a sus amigas, a sus nietos
y bisnietos, decía que desde la muerte del
papá la vida había perdido sentido para ella.
Y eso le pasaba porque se había aferrado a
esa casa y a todo lo que tenía dentro. Ni siquiera había cambiado un cuadro de lugar.
Tenía que salir de ahí cuanto antes.

Le mencioné el jardín en un momen-
to en que se dio un respiro. Para responder,
empleó la entonación pedagógica que a veces puede permitirse una hermana mayor.

Yo tenía que pensar que cada una de esas plantas también le traía al papá a la memoria. Cuando ella la acompañaba a recorrer el jardín, lo único que le importaba era lo que César había dicho sobre tal o cual planta. ¡Y esos árboles! Qué asfixia. No sabía cómo los aguantaba. Por suerte que Alfredo —su marido— la había convencido de que arrancara el naranjo que crecía en medio del pasto. Al menos durante el verano se podía mirar hacia fuera y ver un lugar que recibiera algo de sol. Pobre mamá, se había entrampado en una forma de vida que ya no tenía nada que ver con sus necesidades, ni siquiera con sus gustos. Prácticamente todos los muebles y objetos de la casa los había comprado el papá. Y ya no recibía a más de tres personas a la vez. Si se iba a un departamento nuevo, con más luz y mejor calefacción, le cambiaría la vida, no le daría bronquitis a cada rato, tendría además algo nuevo en que pensar. Seguro que se sentiría más libre de partir a juntarse con sus amigas a Viña. Por fin dormiría tranquila, sin necesidad de verse sobresaltada porque un perro había cruzado un rayo sensor y activado la alarma. Yo tenía que hacerle caso. Me daba su promesa de que la acompañaría a ver todos los departamentos que estuvieran a la venta en Santiago de ser necesario, hasta que encontrara uno que le gustara de verdad.

Me imaginé a Fabiola paseando su cuerpo orondo entre los muebles y objetos que atiborraban su casa de Ñuñoa, la que también había tenido la intención de vender para irse a un departamento. Desde que su hija menor había partido hacía tres años, acostumbraba a decir que esa casa daba más problemas que satisfacciones. Si no hubiera sido por la resistencia de su marido, ya se habría mudado. Con buen juicio, Alfredo debió de considerar que ningún lugar más pequeño podría contener la ingente cantidad de antigüedades sin valor y objetos inútiles con los que a Fabiola le gustaba rodearse.

Me imaginé sus ojos inquietos, posándose con indiferencia en un objeto y luego en otro, pero si uno de ellos le hubiera llamado la atención, su mirada se habría inmovilizado. Del mismo modo era posible distinguir sus estados de ánimo. Su mirada resultaba tan espontánea en su deseo de cercanía como repentina en su juicio. Por lo común esos ojos seguían alegres el ritmo de su voz caudalosa, pero si un giro argumental de la conversación no la complacía, se precipitaba sobre ellos una severa rigidez.

—¿Tú crees que una persona a su edad quiera cambiar de estilo de vida?

—Se la pasa sentada en su esquina del estar, frente al televisor, comentando los programas con la Margarita. ¿Cómo no va a ser triste?

—No le gusta salir. Yo soy igual a ella.

—No creo que tú hables de estos temas con la mamá. Me dice a cada rato que se aburre. El cambio va a devolverle las ganas de vivir.

—A mí me dice que echa de menos al papá y que, aparte del jardín, las únicas alegrías se las damos nosotros y nuestras familias, las pocas veces que la vamos a ver.

—De mí no puede decir eso. Viene a mi casa a almorzar cada domingo y no hay día en que no hablemos por teléfono. Serás tú el ingrato.

Era una buena hija, no cabía duda, con una admirable disposición para acompañar a nuestra madre donde quisiera ir. Llegaba al extremo de pasar dos semanas completas con ella en Viña, cada verano, dejando atrás marido, tres hijas y dos nietos. Según Fabiola, no había temporada mejor. Paseaban, iban al cine, tejían y todas las tardes se juntaban con la tía Luchita y la tía Victoria a jugar canasta. Había llegado a afirmar que esas eran sus únicas vacaciones verdaderas.

—Tú miras a la mamá en menos.

—Al contrario.

—Ella tiene un mundo interior, se entretiene por su cuenta, nada podría agobiarla tanto como la obligación de amueblar un departamento nuevo.

—Se siente sola y va muriéndose cada día frente al televisor.

Rodrigo se había levantado y llegaba hasta mí el ruido de la ducha. Pensé en ir a bañarme con él, pero me quedé dándole vueltas a la argumentación de Fabiola. No lograba convencerme. Eludía el dilema a que nos enfrentábamos, confiriéndole al cambio de casa poderes de redención.

Franco continuó presionando para que aceptáramos la oferta. Mi madre puso una sola condición, acaso para darse tiempo y ver cómo se asentaba en su interior la idea de mudarse. Era propio de ella darles larga a las decisiones importantes. «El tiempo dirá», decía, esperando a que la respuesta se expresara en signos visibles o actos inconscientes que alcanzaran cierta elocuencia. Esa actitud ponía a mi padre nervioso y a Franco más todavía. De no haberle tenido un respeto sacrosanto y de no haber aprendido de nuestro padre a ejercer la paciencia que siempre le tuvo, mi hermano no habría contenido sus recriminaciones.

La condición fue encontrar un departamento de su gusto. No podía estar más arriba de un cuarto piso, ni los cielos ser más bajos que los dos metros setenta centímetros que tenían los de la casa; debía tener conserje a toda hora, ojalá dos, uno que se encargara de la ayuda a los propietarios y otro de la recepción; la zona de la cocina y los servicios debía ser espaciosa para que Margarita se sintiera cómoda; debía quedar en el mismo barrio y contar con un bonito parque a los pies. No se imaginaba viviendo en un barrio diferente, eso lo tenía claro. Buscar una nueva verdulería, una zapatería, lidiar con un agente de banco desconocido y hasta con una peluquera de fama incierta, le parecían problemas en los que no quería ni pensar. Las perspectivas para dar con un lugar de esas características no eran auspiciosas, pero Fabiola insistió:

—Déjenmela a mí.

4

Se había quedado en cama, temerosa
de que un brote de tos se transformara en
bronquitis. Las ventanas del cuarto miraban hacia un macizo de pitosporos tenuifo-
lium que cubría el muro lindero. El follaje
volvía remota la primavera que relumbraba
en las calles. Todos los dormitorios tenían
la misma orientación. Mientras viví en esa
casa, agradecí la frescura de mi pieza en las
tardes de calor, pero después de hablar con
Fabiola, tomé conciencia de la oscuridad
que había cundido a través de los años.

Mi madre ocupaba el lado izquierdo
de la cama matrimonial, cercano a las ventanas y alejado de la puerta. Tenía la costumbre de que mi padre ocupara el lado más
próximo a la entrada, cualquiera fuese el lugar en que durmieran. Decía sentirse menos
vulnerable. Esa tarde se había abrigado con
una mañanita blanca, tejida a croché por ella
misma. Intenté acercarme para saludarla,
pero me detuvo alzando una mano y tapán-
dose la boca con la otra. Luego apuntó con
el dedo el sofacito que había puesto ahí para
recibir visitas cuando estuviera enferma.

Desde que los hijos nos habíamos ido de la casa, el dormitorio de mis padres había pasado a ser una suerte de confesionario. Las paredes cubiertas de arte religioso confabulaban para crear esa impresión. Sobre la cama pendía un Cristo pintado por un sacerdote amigo de la familia; sobre la cómoda, un par de candelabros de bronce le hacían honores a una Virgen del Carmen de madera; en las paredes, dos íconos rusos acompañaban a las indulgencias plenarias de Juan XXIII, Pablo VI y Juan Pablo II. Era el lugar de las conversaciones más íntimas, donde nuestra madre acogía las diferencias y las flaquezas de sus hijos. Ahí suspendía el juicio, dejaba fuera cualquier idea de disciplina, de rectitud o de rendimiento. Y la misma clemencia regía para ella. El dormitorio la liberaba de la investidura maternal y, tal como podía mostrarse indulgente y magnánima, a veces se aventuraba a revelar sus propios temores y contradicciones.

Quise saber por qué había salido mal la compra de un departamento en la calle Martín Cerda. Quedaba en un primer piso, tenía jardín, se había convertido en la última posibilidad después de un mes y medio de búsqueda. Desecharlo implicaba comenzar todo de nuevo.

En un tono de voz que llamaba a compadecerla, me aseguró que había tenido la intención de cambiarse a vivir allí. Tanto que había pasado por alto que el jardín estuviera hecho a lo bruto, sin ninguna imaginación, con rosas floribundas, lavandas y laurentinas. Tanto que se había resignado a que quedara en otro barrio. ¿No le creía? No tenía más que preguntarle a Franco si es que no le había pedido que fijara una cita para firmar la promesa de compraventa.

Para recibir una última opinión, había invitado a conocer el departamento a la tía Giannina, la única hermana viva de mi padre, una mujer pequeña y encorvada, viuda hacía quince años, con una vitalidad excepcional para una octogenaria. Su mayor virtud consistía en no privarse de decir lo que pensaba, por hiriente que resultara ser. Según mi madre, no había mejor consejo que el suyo. Mientras recorrían los cuartos, el piso se había puesto a vibrar. Les había dado un susto enorme. Por el conserje se enteraron de que debajo del living se hallaba la sala de máquinas del edificio. Y para peor de males ahí iban a parar las bolsas de basura de todos los departamentos. ¿Me la imaginaba yo viviendo en un lugar como ese?

Estuvimos un rato en silencio. Mi madre parecía enfrascada en algún debate interno mientras jugaba a juntar sucesivamente las yemas de sus dedos deformados por la artrosis. Pese al deterioro, para mí sus manos se volvían cada vez más bellas.

—¿En qué piensa?

—Al final voy a hacer lo que ustedes digan.

—Pero, mamá, la casa es suya.

—No es mía, es de los cuatro —tosió al terminar la frase.

—Lo que nosotros pensemos da lo mismo.

La noté emocionada. Se demoró en decir:

el narrador es el único que no le diga a la mamá q venda la casa.

—Gracias, mijito. Usted es el único de mis hijos que me ha reconocido ese derecho.

—¿Y el jardín? —apunté con un dedo hacia donde tenía sus libros de jardinería.

Levantó la cabeza y me miró con severidad. Intentaba contener las lágrimas con ese contrapunto expresivo.

sus hijos ya son mayores y no necesitan que ella los cuiden

—Ya estoy vieja hasta para mantener el jardín. Y me voy a morir pronto.

Si bien mi madre aludía a la muerte con naturalidad, yo evitaba representármela como un hecho próximo. Por esa razón me callé el pensamiento de que, si iba a morirse pronto, ¿no sería mejor hacerlo en ese dormitorio?

—Lo que me está diciendo, mamá, es que si fuera por usted, no tomaría ninguna decisión. Eso equivale a decir que no quiere irse de aquí.

Recordé cuánto sufría cuando se iba de viaje con mi padre o partíamos por el verano a Viña. No le gustaba cambiar de lugar, a tal punto que durante los tres primeros días de vacaciones andaba con la cara larga, sin alegría, ni siquiera cuando íbamos a la playa y nos dábamos el primer baño de mar.

—Franco es el que más parecido piensa a su papá. Y según él, estamos corriendo un riesgo enorme al demorarnos en darles una respuesta a los compradores. No hay que negar que tiene buen olfato para comprar y vender. Viera los milagros que hace con mis ahorros.

Aquel ensalzamiento, esa nueva oportunidad que ella encontró para reafirmar el poder de mi hermano y abandonarse a él, me frenó en mi empeño de hacerla comprender la gravedad de su decisión. La limitada pero valiosa sabiduría que ella y yo compartíamos se vio desplazada por mis celos de Franco. Me quedé callado y pronto nos pusimos a hablar de otro tema.

La iniciativa de asegurarle que la decisión le pertenecía a nadie más que a ella me sirvió de escudo durante años. Pero al regresar de la demolición sentí que el monstruo me había quitado el escudo del brazo como si fuera un cartón inservible. Nuestra madre se aferraba a esa tierra con las raíces

relación entre la familia y el jardín

de sus rododendros, camelias y azaleas, de sus árboles y enredaderas. Al desmembrar el tulipero ante mis ojos, la bestia no hizo más que ejecutar la sentencia de desarraigo que habíamos dictado trece años atrás.

5

La promotora inmobiliaria aumentó el precio ofrecido, con la condición de que firmáramos la promesa de compraventa dentro de una semana. Si no aceptábamos, no habría más ofertas. Franco les explicó a los hermanos Marinkovic que mientras nuestra madre no encontrara un departamento al que mudarse, se negaría a firmar. Ellos propusieron una solución. No tenían ningún apuro en que les entregáramos la casa. La señora Luisa podía tomarse un año para desocuparla. Seguro que encontraría un departamento en ese plazo. Ellos podían ofrecerle rebajas en algunos de los edificios de los que eran socios.

Fue mi hermano quien me contó por teléfono que la mamá se había allanado a la idea. Dijo comprender mis aprensiones. Algo le había comentado ella. No era fácil dejar un lugar querido, no era trivial abandonar la casa que había mandado a construir junto a su marido, donde había criado a sus hijos. Seguro que le dolería no volver a ver el jardín. Pero yo tenía que admitir que era por su propio bien. Solo había que pensar en la *una conexión entre el jardín y sus hijos*

vulnerabilidad en que se encontraba, en ese barrio que había dejado hacía tiempo de ser un lugar próspero y seguro. Morir en la casa de toda la vida era una aspiración legítima, pero en ocasiones el apego a una idea romántica implicaba un sufrimiento mayor. Si queríamos que muriera en paz, entonces había que sacarla de ahí y ponerla a salvo.

Le pregunté si los Marinkovic le habían hablado del plan que tenían para construir en el barrio. Si habían ofrecido un año de plazo para dejar la casa, quizás demorarían cinco o diez en comenzar las edificaciones. En ese caso no valdría la pena someterla a la mudanza.

Franco había intentado averiguar, pero ninguno de los dos hermanos le dio información. Yo tenía que pensar que el solo hecho de que las casas vecinas quedaran desocupadas aumentaría el peligro de robo. Si le preguntaba a él, en cada esquina de Las Salvias se iniciarían cuanto antes las demoliciones, y la mamá quedaría sitiada en medio de grúas, camiones betoneros y retroexcavadoras.

Debí llamarla o ir a verla para asegurarme de que se estuviera haciendo su voluntad y no la de Franco, ni la de Fabiola, que se hacía lo que ella había decidido y no lo que imaginaba que nosotros queríamos. Pero no lo hice.

Una semana más tarde firmamos la promesa de compraventa en una notaría de la calle El Bosque, situada en el sexto piso de un edificio de oficinas, con las paredes enchapadas en madera y los cielos amenazadoramente bajos. En el sitio donde se debía atestiguar la veracidad de ciertos actos, todo —muebles, sillas, lámparas, grabados y puertas incluidas— era imitación de un estilo inglés mal entendido. Ahí estaba Franco en su más puro sentido del movimiento, haciendo aletear las hojas de la escritura delante de sus ojos, llamando al notario, realizando una consulta de último minuto con el abogado de la familia. Ahí estaba Fabiola, la mirada errabunda pero intensificada al momento de firmar. Ahí estaba yo, con vértigo por las cifras y ganas de salir pronto del trámite.

Me sorprendí al ver llegar a mi madre vestida como para una fiesta. Llevaba puestas sus mejores joyas: el reloj de platino con la luna rodeada de brillantes, los aros a juego, el collar de perlas con un broche de esmeraldas en forma de flor. El olor a laca que despedía su peinado me confirmó que venía saliendo de la peluquería. Incluso sus movimientos habían adquirido un aire de distinción. ¿Por qué se había arreglado tanto? ¿Para que los compradores no fueran a pensar que acudía necesitada de dinero?

el coln
es negro –
simboliza
la tristeza
(luto)

celebraba
la venta
de la casa

Pudo haberse presentado bien vestida como siempre, de diario, y sin embargo prefirió usar un elegante traje de seda negro. Rubicundos, altos y panzones, arrellanados en sus sillas y con sus chaquetas deformadas por el uso, los hermanos Marinkovic parecían un par de campesinos a su lado.

Años más tarde, repasando las circunstancias, comprendí que lo había hecho por nosotros. Bastaba que estuviéramos involucrados en cualquier asunto para que nos convirtiéramos en el centro de sus preocupaciones. Lo hizo para tranquilizarnos, para decirnos a su modo que celebraba la venta de la casa. A un espíritu codicioso esa celebración le resultará natural. La casa se vendía en más de un millón y medio de dólares. Pero no fue ese el motivo. Ella había presentido la repercusión que tendría esa prosaica ceremonia en nuestras conciencias. No quería que dudáramos de que concurría con toda su voluntad. Buscó librarnos de las responsabilidades por lo que pudiera venir. Pero el traje de mi madre era negro. Más de una vez la oí diciéndole a Fabiola que ese color solo se justificaba durante el día para llevar el propio luto o acompañar el ajeno. Luisa Barbaglia había preparado con gran esmero su salida a escena, pero no había conseguido ocultar del todo la oscuridad que la embargaba.

Días después hablé con Franco. Estaba en la mejor fase de su humor querendón. ¿No le había extrañado que la mamá se presentara vestida así, tratándose de una situación tan difícil para ella? Y él simplemente respondió que debió de haber estado contenta. Había vivido más de cuarenta años con el papá y aprendido a disfrutar de los buenos negocios. Franco lo había disfrutado. Yo le daba demasiada importancia al apego; a los viejos les importaba mucho más la seguridad. La mamá iba a vivir en un departamento nuevo, impecable, inexpugnable, y se echaría trescientos mil dólares al bolsillo. Cualquiera se vestiría de gala para firmar un trato así. Yo debí haber usado corbata.

Una vez firmada e inscrita la escritura definitiva, de cara al verano, con diez meses por delante para encontrar un nuevo hogar, vivimos una tregua. El cumplimiento de la costumbre de nuestra madre de tomar dos meses de vacaciones en Viña, para mí y creo que también para mis hermanos, constituyó la evidencia más clara de una humilde y práctica rendición a las circunstancias.

Pronto llegó marzo con sus apuros y una nueva ronda de visitas para encontrar departamento. Nada la complacía. En julio, a solo tres meses de cumplirse la fecha de entrega de la casa, se vio forzada a tomar una decisión.

El departamento que eligió me llenó de extrañeza. Tanto la terraza a la que se abría el living como el dormitorio principal dominaban desde un segundo piso el acceso de autos al condominio. Cuando se lo hice notar, me aseguró que no tenía importancia, bastaba levantar la vista y contemplar la hilera de tuliperos que flanqueaba la explanada de cemento. Ella había visitado el lugar por primera vez en otoño y el color de esos árboles le había alegrado el corazón. Al verme petrificado ante la ventana de su dormitorio, mirando hacia el estacionamiento de visitas, me tomó de la mano y me llevó hasta el comedor. A sus pies se desplegaba el jardín común al que daban los cuatro edificios. Pero la ventana tenía un rasgo mezquino, seguramente limitado por la incómoda cercanía de los departamentos de enfrente.

Después de recorrerlo de una punta a la otra un par de veces, me quedé con la idea de que la verdadera vocación de ese departamento consistía en facilitar el espionaje de las entradas y las salidas de los vecinos. ¿Estaba segura de que quería vivir ahí? Las escasas ventanas de suelo a cielo miraban al sur, volviendo la mayoría de las habitaciones lugares sombríos, además de ruidosos por la circulación de autos y el tráfico de una autopista cercana. Si mi madre pensaba quedarse en él, al menos debía botar la muralla que separaba el living del comedor, para que la luz de la ventana que daba al norte se repartiera entre las dos habitaciones. Ella insistió en que no me preocupara. Podría salir a caminar al jardín común en las tardes y le gustaba que los cuartos no recibieran sol de lleno. Se había acostumbrado a la sombra que daba su jardín. ¿Me había fijado en las camelias que habían plantado a la entrada del edificio? Ella traería dos más de las suyas. Estaría bien ahí, no debíamos darle más vueltas al asunto. Recordó el primer hogar que tuvo con mi padre, una casa de fachada continua de la calle Carmen, con dos cuartos, una cocina y un pequeño patio atrás. Jamás se sintió ni ahogada ni miserable. No iba a sentirse estrecha ahora con esa amplitud.

Al llegar a casa llamé a mi hermana. Se liberó de toda responsabilidad. La mamá había pedido verlo por segunda vez y había dicho que ahí se quedaría. Le habían gustado la cocina y los baños. Situado en un ensanchamiento del pasillo interior, el escritorio le había parecido lo suficientemente amplio para sus rutinas de estudio y había celebrado que desde ahí pudieran verse los tuliperos.

Volví a callar, pese al mal presagio que entrañaba la elección de mi madre. Volví a decirme que era su responsabilidad,

[nota manuscrita en el margen: las piezas no están llenas de sol.]

que la decisión estaba en sus manos y que contaba con plena libertad y discernimiento para tomarla. ¿Entonces por qué me culpo todavía? A esas alturas ya no había vuelta atrás. La casa se había vendido, su jardín estaba en vías de extinción, mi madre tenía que encontrar un lugar para vivir lo antes posible. ¿Qué más pude hacer? Sentarme frente a ella y preguntarle por qué se abandonaba a sí misma. Encararla para indagar qué corriente de fondo la animaba a tomar esos pasos destructivos. Bajar hasta su fría soledad y ofrecerle compañía.

6

La violencia del desarraigo se había vuelto manifiesta durante el otoño. Llegué a verla a la hora del almuerzo, sin avisarle. Me había pedido ayuda con su viejo computador, donde guardaba fichas de plantas y recetas de cocina. Margarita me indicó que estaba en el jardín. Miré hacia afuera. El tulipero amarilleaba. La encontré bajo los quillayes, supervisando el trabajo de José, el jardinero, y de su hijo Daniel. José era bajo, de cabeza cúbica y calva, tenía los hombros macizos y la panza prominente. En cambio, su hijo era más alto y delgado, con las mejillas hundidas y la piel sin broncear. Alrededor de un rododendro cavaban una trinchera de medio metro de profundidad, una más de las tantas que habían abierto en la misma zona. Zanjas y cúmulos de tierra destruían la composición que había requerido de tanto esmero a lo largo de decenas de años. Ella llevaba puesto un overol, guantes de cuero basto y unos botines de media caña con suela de goma. La última vez que la había visto con ese atuendo debió de ser cuando todavía era niño. Ignoró mi estupefacción y me saludó con alegría teatral. En voz más alta que la necesaria, les dio instrucciones a José y a su hijo de cómo seguir, fue hasta la puerta corredera del comedor y le gritó a Margarita que pusiera dos puestos en la mesa, habló sin pausa hasta que me dejó en el estar mientras iba a cambiarse de ropa para el almuerzo.

Sentados a la mesa, con brillo en los ojos y ansiedad en las palabras me explicó su propósito. Inclinaba el cuerpo hacia adelante, como si intentara apurar el curso de los acontecimientos. No quería que esas plantas tan trabajosamente cultivadas se perdieran. Ninguno de los arbustos que pudiera ser trasplantado debía ser dejado atrás. Los repartiría entre sus hijos. Así podría verlos cada vez que nos visitara. Ahora que yo tenía un sitio en la playa, podría recibir los que ella eligiera para mí, Fabiola contaba con suficiente espacio alrededor de la piscina y el jardín de Franco era tan grande que no tendría problemas para acoger una decena de plantas de gran valor.

—¿No le da pena ver el jardín así? —le pregunté.

—Ustedes sabrán cuidarlas.

Había dado inicio a un verdadero desenterramiento del jardín. Ese lugar de tranquila belleza y frágil armonía se vio convertido en el curso de un par de semanas en un laberinto de trincheras que no dejó más que un cubo de tierra a los pies de cada arbusto. La operación tenía como finalidad que las plantas desarrollaran sus raíces hasta los bordes del pan de tierra. Pasado un tiempo prudente, entre uno y dos meses, podrían sostenerlo por sí mismas.

—El otoño es la época propicia para los trasplantes. El crecimiento radicular todavía se mantiene activo, sin que existan grandes demandas hídricas ni nutricionales —me explicó.

Más adelante comprobé que no se detendría hasta podar cada planta, envolver su pan en arpillera y cargarla sobre un camión que tuviera como destino sus futuros jardines.

Su excitación me mantuvo al borde de la silla. En mi madre las alegrías y los golpes de buena fortuna jamás incitaron tales desmanes expresivos, sino al contrario, sus ojos ganaban en profundidad y su sonrisa resplandecía en paz. El combate contra la ansiedad era para ella un principio de vida, consciente de que sus hijos y su marido padecían de ese mal. Cuando Franco se rizaba en palabras sobre la ola en movimiento de sus decisiones, o cuando Fabiola no era capaz de cortar el hilo de sus monólogos, o cuando yo me dejaba invadir por un pesimismo infundado, a ella le bastaba mirarnos con ese gesto que llamaba a la contención para que tomáramos conciencia de nuestra desmesura. La vivacidad de sus palabras durante el almuerzo no pudo ser sino un intento de velar el dolor que le causaba haber tomado la muerte del jardín por su propia mano.

Un picaflor se acercó a la gran azalea que se desplegaba ante los ventanales. Era una variedad de floración temprana y duradera, cientos de flores rosadas flotaban sobre su follaje nuboso.

—Mire mi picaflor —dijo.

Le tomé la mano, pero la retiró para sacar el pañuelo que llevaba debajo de la correa del reloj y llevárselo a los ojos. Batió una mano en el aire, rogando:

—No me haga caso, mijito.

La visión del jardín horadado, a medio desenterrar, producía un rechazo visceral, un horror instintivo. Lo que nacía de una noble motivación daba pie a un espectáculo grotesco. Claro que sería doloroso permitir que se secara y condenar a la peste y a la maleza ese lugar tantas veces recorrido, insistentemente contemplado. Pero su ruina ocurriría fuera de la vista, en otro tiempo. ¿No le valía más recorrerlo una última vez el día de su partida y dejarlo descansar intocado en su memoria? Exhumarlo resonaba como un grito de protesta, un presagio de muerte. Mediante su generoso regalo, nuestra madre clamaba desde cada una de esas grietas abiertas en el jardín y a la vez se enterraba en ellas.

Las flores son la expresión más leve de una planta. Incluso las ramas más gruesas nos parecen gráciles al ser mecidas por el viento. Pero si desenterramos un arbusto o un árbol nos vemos enfrentados a su ineluctable pesadez. Nuestros ojos ya no se elevan esperanzados hacia las flores, sino que permanecen fijos en el compacto pan de tierra y los desafíos que implica lidiar con su peso. Tal como una vida bien enraizada da lugar a recuerdos que iluminan la memoria, si llegara a ser desenterrada a la fuerza, terminaría por revelarse cavernosa y grávida.

Fui testigo de la reacción de Franco cuando se enteró de lo que sucedía. Se mostró tan horrorizado como yo. Solo que no se guardó sus juicios. Ese día sábado, Margarita había salido, así es que con el pretexto de atendernos, mi madre se escabulló de un enfrentamiento. Nos trajo una taza de té, un trozo de kuchen, hallullas con palta, más té y más pan con palta y más kuchen. Fue y vino entre la cocina y el estar una docena de veces para no ser blanco de los cuestionamientos que disparaba mi hermano. Era una locura. ¿Qué iba a hacer con todas esas plantas? Quizás cuántos jardineros había tenido trabajando días enteros. ¿Cómo iba a transportarlas? Ni siquiera quería imaginar el desbarajuste que le significaría hacerles un espacio en su jardín. Él no necesitaba más plantas de las que ya tenía. El cambio de casa debía ser un alivio para ella y había terminado siendo una recarga de trabajo. En vez de irse tranquila, estaría preocupada hasta último minuto de hasta la última planta. Por toda respuesta mi madre le dijo un par de veces:

—Después me lo va a agradecer.

Fabiola se mostró comprensiva. Estaba feliz porque podría enseñarles esos portentos a sus nietos y ojalá a sus futuros bisnietos, contarles que alguna vez fueron de la Nonna Luisa. Era increíble que se diera el trabajo de hacernos ese regalo. Más increíble era todavía que no le hubiera importado romper el jardín.

—Cada vez que veamos las plantas en nuestras casas, tendremos a la mamá presente.

Cuando le dije que era lo mismo que regalar una de sus esculturas en pedazos, no estuvo de acuerdo con la comparación. Me recordó que nuestra madre había reunido esas plantas una a una y si bien a simple vista formaban un conjunto, para ella tenían una clara individualidad. Yo debía tomar en cuenta que era la mayor y que había asistido al poblamiento de ese pedazo de

tierra. Al principio se hallaban los quillayes, unas cuantas matas de espino y nada
más. Fue con los años que el jardín tomó
una forma que daba la impresión de ser definitiva. Pero era solo en apariencia. La mamá jamás se dio por satisfecha: cambiaba
plantas de lugar cada temporada, hasta los
caminos de piedra laja habían variado tres
veces su recorrido.

Una vez más me topaba con el férreo
optimismo con que Fabiola había encarado
el cambio de casa. Qué bonitas se iban a ver
las azaleas en su jardín y qué alegría iba a
sentir nuestra madre cada vez que volviera
a verlas. Todo debía considerarse como una
ventana abierta. Nada de imaginar trampas,
ni ambigüedades, ni complicaciones. Se parecía a Franco en su adoración al futuro.

Gracias al dinero de la venta, para el
mes de julio Rodrigo y yo pudimos iniciar
la construcción de la casa de Puchuncaví. Al
mismo tiempo comenzamos a reunir plantas para el jardín. Le dije a mi madre que
deseaba llevarme todas las que fuera posible. Creí darle en el gusto al mostrarme de-
seoso de recibir la herencia que ella quería
repartir en vida, al abrazar su empeño como
si fuera mío.

Recuerdo lo contenta que se puso.
Para que saliéramos al jardín, fue a su pieza
y volvió arropada con un grueso abrigo de

pelo de camello. La lluvia del día anterior había dado paso a una fría tarde de sol. El agua había suavizado la superficie de los cúmulos de tierra y en el fondo de las zanjas las pozas espejeaban azules. Como si recibiera con entereza la noticia de su futura soledad, o más bien con displicencia, el tulipero se erguía orgulloso en su desnudez invernal. No necesitaba de ninguna compañía para seguir adelante. Bastaba con que lo dejaran en paz.

Mientras caminábamos por los senderos de piedra laja, con vaho saliendo de nuestras bocas, esquivando el barro que se había esparcido aquí y allá, me pidió que le señalara las plantas de mi preferencia. Indiqué que la gran azalea rosada que crecía enfrente del comedor, la camelia roja del papá y la azalea salmón. Pero ella había elegido ciertas plantas para cada uno. La camelia roja se la dejaría a Franco, la azalea rosada a Fabiola y la salmón a mí. Le pedí un rododendro lila que crecía más atrás, pero me dijo que le daría los rododendros a mi hermano. Yo no tenía de qué quejarme, había reservado para mí la azalea himalaya, una camelia rosada que había criado con tronco único y una molli amarilla que daba muchas flores y crecía en una vieja olla de chicharrones. Estaba segura de que se aclimatarían bien en la playa.

—¿Franco le pidió esas plantas? —le pregunté cuando regresamos dentro.

—Yo decidí para quién serán las plantas más valiosas del jardín.

—¿Está segura de que va a recibirlas?

—¡Pero cómo no, si son unas glorias! Ya sabes cómo es tu hermano. Basta que algo le parezca mal para que vaya haciéndose de rogar por ahí. Se le va a pasar. Como buen hijo mío, sabe que para tener en Santiago una camelia así de grande hay que esperar treinta años o pagar un montón de plata. Y Fabiola me pidió la mayoría de las azaleas de hoja persistente. Ya tiene pensados los lugares donde ponerlas.

No se me escapaba la simbología de cada planta: mi padre se sentaba junto al ventanal del living que enmarcaba la camelia roja; mi madre se sentaba a la cabecera del comedor y alababa cada vez que podía la generosidad de la azalea rosada. La camelia era el emblema de mi padre, la azalea rosada el de mi madre. La azalea salmón, en cambio, plantada en un segundo plano, más rara y más frágil que sus compañeras, respondía a un lazo con la intimidad de mi madre, con «su alma», como lo habría puesto ella.

esta planta simboliza a la madre

A veces mi madre me planteaba situaciones en torno a un recuerdo o a un conflicto en particular, pero no era a la historia a la que pretendía que yo prestara atención, sino a las percepciones que la habían acompañado, la forma en que había logrado sobreponerse a la agresividad de sus miedos y susceptibilidades. En el fondo, intentaba enseñarme una cierta jardinería de esas emociones, para que pudiera obtener de ellas un goce, una composición armoniosa, para que no llegara a convertirme en un paisaje espinoso y enmarañado.

En las semanas que siguieron, pregunté dos o tres veces si Franco había aceptado llevarse la camelia roja y los rododendros. Ella me contestó en cada ocasión que había estado ocupado en el *garage* y no había tenido tiempo de pasar a verla antes de que oscureciera. Me pareció raro que hubiera discutido en tanto detalle conmigo qué plantas me iba a regalar, que tuviera un claro inventario de aquellas que se llevaría Fabiola y que no le importara que Franco la mantuviera en la incertidumbre.

El día anterior a que fuera el camión que realizaría el flete a Puchuncaví, pregunté por última vez. Las plantas que no me llevara en ese viaje no me las llevaría nunca. Y ella me respondió:

—Deje de estar pendiente de lo que hace su hermano. Yo le voy a regalar esas plantas a él. Y usted dese por satisfecho. No puede tener todo en la vida.

Me recibió en camisa de dormir. Cuando sentí su olor fue como si me diera un gran abrazo. La frescura de la mañana inverval resultaba propicia para el traslado. José y su hijo habían arrastrado cada una de mis plantas hasta el pequeño antejardín que cercaba la reja entretejida por la flor de la pluma. Desde ahí, con la colaboración del fletero, no sería difícil cargarlas. Un amigo paisajista que vivía en Puchuncaví me había sugerido que utilizáramos ese pequeño camión con cierres altos en los cuatro lados. Daniel nos acompañaría para ayudarnos con la descarga.

Mi madre no resistió la idea de quedarse dentro de la casa. Se calzó los botines de media caña y salió afuera, en bata, con el pelo aplastado contra la nuca. Una mujer que jamás se presentaba ante un extraño sin estar meticulosamente arreglada. A los pocos minutos había tomado el mando de la operación, dando órdenes sobre qué plantas cargar primero, cómo amarrar el tronco de cada una para poder tirarla con cuerdas pendiente arriba, pidiéndoles extremo cuidado a los jardineros para que los panes no fueran a desarmarse. Llegado un punto, les pidió que se detuvieran. Entró a la casa y regresó de la cocina con un rociador de recipiente cónico. Yo tenía que prestar atención: esa era la mejor receta para evitar que durante un viaje las plantas se deshidrataran. Una cucharadita de azúcar en un litro de agua correspondía a la dosis justa. La amenaza era el viento, no el calor. Terminé empujándola por las sentaderas hasta la plataforma del camión, mientras José tiraba de sus manos. Desde las alturas siguió dirigiendo a los hombres mientras rociaba con la pócima mágica cada una de las plantas que hallaba su lugar junto a las otras.

Aún la veo encaramada allá arriba, alegre como una niña, decidida como pocas veces la había visto, autoritaria y colaborativa, atenta a todo lo que estaba pasando. Ahora daba un grito para que trajeran la próxima planta, ahora ayudaba a amarrar las ramas de una recién ascendida. La transpiración brillaba en su frente y el pelo húmedo se le había pegado a las sienes. La rodeaba un halo blanco. La misma mujer que había construido ese jardín, lo despedía con todas sus fuerzas.

Con mi amigo paisajista fuimos a un
vivero que quedaba en el camino entre Qui-
llota y Concón. Tiznado por el sol de la costa
y robustecido por la buena comida que preparaba en su cocina, fue y vino entre las hileras
de árboles eligiendo aquellos que estuvieran
en mejores condiciones. Se fijó especialmente
en el grosor de los troncos y en que las raíces
no hubieran crecido en círculos dentro de las
bolsas de tierra. Él se haría cargo de recibir el
despacho un par de días después.

En el camino de regreso a Puchuncaví, nos detuvimos a comprar empanadas
en Las Nereidas, un viejo negocio que mira
hacia el humedal que se forma en la desem-
bocadura del Aconcagua. Pese a que sopla-
ba una brisa fría desde el mar, quisimos co-
merlas al aire libre, con la vista abierta hacia
el río. Salimos a una pequeña terraza que
amenazaba con destartalarse y que se enco-
gía bajo la custodia de una escuadrilla de
gaviotas, apostadas en cornisas y barandas.
Cuatro bancas de madera formaban todo el
mobiliario. La llamada del celular me sor-
prendió sentado en una de ellas.

—Tu hermano va a regalar las plantas.

Esa frase se ha quedado conmigo para toda la vida. Impaciente por terminar con la repartición, mi madre había presionado a Franco para que mandara a buscar su cargamento. Pero él se escabullía diciendo que necesitaba tiempo para organizarse, que no entendía el apuro si aún faltaban dos meses para la entrega de la casa. Mi madre no soportó más la visión de las plantas reunidas en el antejardín y llamó al mismo camionero que había hecho el flete a Puchuncaví. No sé en qué momento de esa mañana heroica le había pedido su número de teléfono. Para asegurarse de que Franco estuviera en la casa, le dijo a su mujer que ese sábado iría a visitarlos por la mañana.

Había tenido problemas para cargar la camelia roja. Era tan pesada que entre los tres hombres no habían sido capaces de echarla arriba de la tarima. Pero con tanta suerte que justo iba pasando por la calle un camión tecle de la municipalidad, ¡un camión grúa! Ella era perfectamente capaz de una cosa así. Arrastrada por el mismo ímpetu que yo había atestiguado, podía correr en bata hasta el centro de la calle, batiendo los brazos en el aire hasta detener el camión y convencer al chofer de que la ayudara.

—Cuando tu hermano las vio llegar a su casa —hablaba con voz dolorida, en-

tre brotes de llanto— me llamó para decirme que no tenía dónde ponerlas. No había
imaginado que fueran tan grandes. Va a regalárselas a ese amigo suyo, el corredor de
propiedades. Dice que tiene un jardín enorme en Piedra Roja y que es fanático de las
camelias, las azaleas y los rododendros.

—¿A Carlos Armanet?

—¿Cómo va a ser posible que las regale?

Su llanto se hizo más espeso.

—Yo voy a hablar con él, mamá.
Quédese tranquila. Voy a pedirle que me
las mande.

Al dejar la empanada sobre la banca
y ponerme de pie, me sentí cegado por el
cabrilleo del río y ensordecido por los graz-
nidos de las gaviotas.

—¿Cómo se te ocurre regalar las plantas de la mamá?

—Se me ocurre tanto que ya las re-
galé —me dijo Franco con estudiada iro-
nía, como si hubiera estado esperando mi
llamada. En su tono de voz se coló una nota
más aguda, la misma que empleaba cuando
hacía ostentación de su poder, o cuando se
burlaba del que pretendiera someterlo a re-
glas que no fueran las suyas. Pude imaginar
sus ojos brillantes de hostilidad y su sonrisa
teñida de desprecio, los labios vueltos hacia
dentro como músculos en tensión.

—Dile al camión que se venga a Puchuncaví. Yo pago el flete. Esas plantas no puedes regalárselas a un extraño.

—No es ningún extraño.

El tono era el mismo, la amenaza persistía.

—¿No entiendes el dolor que le estás causando a la mamá? Dile a ese camionero que se dé la vuelta. Ya conoce el camino. Si quieres, lo llamo yo.

—Mira, Juan —dijo con tranquilidad—, ya hablé con Carlos, le dije que las plantas iban camino a su casa y se alegró mucho con el regalo. No voy a llamar al fletero ni tú tampoco. Esas plantas son mías y voy a hacer con ellas lo que me dé la gana.

—¡Está llorando a mares!

—Yo voy a hablar con ella. Y tú bájame el tonito porque si no te voy a sacar la chucha.

Una gaviota había arrastrado mi empanada hasta tirarla al suelo y la defendía a picotazos del asedio de las otras. Mi amigo me brindó una mirada compasiva, sin necesidad de que le explicara lo que estaba ocurriendo. Me sugirió que saliéramos de ahí. En el estacionamiento de tierra, frente al local, me apoyé en el capó del auto, todavía caliente por el viaje. El golpe de calor me ayudó a salir de mi perplejidad. Llamé a mi madre. Sus palabras surgían como balidos en medio del llanto.

—Él dice que ya las regaló.

—Pero, mamá, las plantas son suyas. Llame al fletero y dígale que se venga para acá.

—Mijito, deje que las regale. Por favor, no peleen.

Corté y llamé a Franco. Antes de que pudiera hablar, me gritó:

—¡Mira, conchatumadre, la próxima vez que hagas sufrir a la mamá te voy a matar! No me costaría nada. Así que ándate con cuidadito, no te vaya a pasar algo.

Tuve miedo, como tantas veces en mi vida cuando Franco perdía los estribos. Tuve miedo por las frecuentes golpizas que había sufrido a manos suyas cuando era niño. Tuve miedo por la ira con que un año atrás me había gritado que no merecía ser su hermano porque hacía demasiadas preguntas sobre el *garage*. Tuve miedo por la inquina con que una noche, a la salida de un restorán, me dijo que no podía estar seguro de que Rodrigo no quisiera seducir a sus hijos. Cuando decía que iba a matarme la próxima vez que yo hiciera sufrir a mi madre, me advertía de paso que ya le había causado suficiente sufrimiento con mi homosexualidad.

Tuve miedo y aun así me atreví a decir:

—¿No te das cuenta, imbécil, de que estás regalando la camelia del papá, la planta que ella guardó especialmente para ti, la más importante del jardín? ¿No te das cuenta de todo el esfuerzo que hizo para llevártela?

—Mis plantas ya llegaron a la casa de Carlos Armanet y ahí se quedan. Y ándate con cuidadito, en serio, yo no digo las cosas por huevear. La próxima vez que vea a la mamá sufrir por tu culpa, te mato.

Hasta hoy me pregunto en qué forma habrá Franco amedrentado a nuestra madre. ¿La hizo sentir como una niña malcriada, una mujer ilusa o una anciana confundida? Entre ellos existía un código que nunca llegué a descifrar.

Esa noche en el living de nuestro departamento, le conté a Rodrigo lo que había sucedido. Hablé a gritos, gesticulando, repitiendo hasta el cansancio las frases injustas. A los intentos que hizo de aplacarme, yo respondía con mayor violencia. ¡Ese huevón había regalado las plantas de mi mamá! ¡Y ella se lo había permitido! ¡Ese huevón me había amenazado de muerte! ¿No era capaz de entender? Llegado cierto punto, Rodrigo se limitó a oír mi perorata en silencio. Sabía que los problemas con mi familia me alteraban con una fuerza que ningún otro dolor o frustración podía despertar.

Aún hoy me pregunto los motivos que tuvimos cada uno para actuar de la manera en que lo hicimos. El problema se produjo cuando Franco se percató de que había herido a nuestra madre. Debió de mortificarlo no haber previsto las réplicas que tuvo en ella su decisión. Y mediante esos hábiles engaños del amor propio transformó su remordimiento en ira contra mí. Reaccionó como un niño que ha tirado un juguete lejos y que al ver que su hermano se interesa en él, reclama su propiedad para volver a dejarlo abandonado. Entregarme el emblema de mi padre lo habría hecho sentir débil. Nos peleamos por algo mucho más importante, más grave, más trascendente que la camelia roja y unos cuantos rododendros. Esa rivalidad duraba ya cuarenta años. Se había dado en todos los frentes, en todo momento, mientras leíamos a quién le daba nuestra madre la razón, qué forma de pensar despertaba en ella mayor entusiasmo, cuál de nuestras maneras de ser la hacía más feliz.

Y mi madre tuvo miedo.

Cuando le conté a Fabiola lo sucedido, se mostró solidaria conmigo, pero a su juicio la camelia roja era uno de los tantos arbustos que la mamá quiso regalarnos, y la pelea no era más que un nuevo episodio de nuestra discordia. Yo tenía que reconocer que todavía estaba dolido por la forma en que Franco reaccionó cuando se enteró de que yo era gay. Y a Franco siempre le había chocado que yo hubiera vivido la muerte del papá como una liberación. Ahora, que era un bruto, lo era. Ya se había cansado de pelear con él. Ni siquiera la dejaba poner un pie en el *garage*.

En un almuerzo que habíamos tenido Franco, mi padre y yo en la oficina de la compraventa, cuando consideraba la idea de trabajar con ellos después de terminar mis estudios de Ingeniería, mi hermano quiso dejarme en claro que las mujeres jamás habían sido ni serían bienvenidas en el *garage*. Mi padre asintió y yo callé. Un mes más tarde, cuando les revelé que era gay y Franco advirtió que si yo entraba a trabajar corríamos el peligro de perder la representación de Honda, mi padre volvió a estar de acuerdo con él.

Me asombra que haya sido el rechazo el que nos salvó a Fabiola y a mí de una suerte de esclavitud. Al no estar bajo las órdenes de mi padre ni de mi hermano, no tuvimos que justificar ante nadie nuestros actos ni menos nuestras formas de vida. Debería agradecérselo a Franco alguna vez. Aunque existía una diferencia entre ella y yo: Fabiola nunca perdió la fe en los Onetto Barbaglia. Vivía al interior de la familia. Pese a sus rebeldías y una facilidad envidiable para señalar las taras y malignidades de cada uno de sus miembros, la existencia de la familia abundaba en su concepción de mundo co-

mo una nación de amplio territorio. Yo en
cambio había renunciado a mi nacionali- *cómo?*
dad. Tal fue mi convencimiento hasta el día
de la muerte de mi madre. Desde entonces
tengo conciencia de que no puedo escapar
a las fronteras del recuerdo. Hoy vivo ra-
zonablemente bien gracias al resentimiento.
Me mantiene alerta, estimula mi ambición,
siempre estoy en busca de la oportunidad
para demostrar el valor de mi ciudadanía.

8

Me ofrecí para quedarme a dormir, convencido de que era una proposición que me ennoblecía a sus ojos y que no tenía la menor posibilidad de ser tomada en cuenta. Me llevé una sorpresa cuando aceptó sin siquiera pensarlo. Llevaba años durmiendo sin más compañía que Margarita, en una casa más desprotegida que el departamento al que esa tarde se había mudado. Entre esas paredes desconocidas se sentía vulnerable. Ya no la abrigaba el recuerdo del papá. Ya no florecían las plantas que la hacían sentir en su hogar. Ya no podría refugiarse en la esquina del sofá ni reconfortarse con la vista del jardín. Ya no podría caminar en penumbras por la casa sin miedo a chocar con un mueble ni encender de memoria los interruptores. Ya no podría cerrar los ojos y sentir el lugar que habitaba dentro de sí.

Mi madre y Margarita siguieron trabajando después de que Fabiola y Franco se marcharan. Yo pedí que me dieran algo para hacer, pero las cajas estaban cada una en la habitación correspondiente y ninguna de las dos quería que me entrometiera en su orden. Sentado en la silla del escritorio, veía a mi madre ir de una habitación a otra, o hasta la cocina para luego volver a su pieza. A veces se detenía en medio del pasillo y miraba alrededor, como si no supiera dónde se hallaba. Su disposición de ánimo era la opuesta a la de aquel día del transporte de las plantas a Puchuncaví. La pesadumbre encorvaba su espalda. Se había extinguido su aura de heroína.

A eso de las diez y media de la noche, los tres nos sentamos a la pequeña mesa de la cocina y comimos sándwiches de jamón con palta.

—¿Ya hizo su cama, Margarita? —preguntó mi madre. En el semblante de la mujer se habían acumulado las rojeces del cansancio, mientras sus ojos, por lo común vivaces y atentos, ahora se abrían inmóviles.

—Sí, señora Luisa.

—Vaya a acostarse entonces. Y mañana nadie se despierta antes de las nueve.

—Usted también tiene que irse a acostar, señora. Anoche no durmió nada.

—No voy a dormir quizás en cuánto tiempo.

Yo tampoco pude dormir, alterado por la cercanía de mi madre, por la extrañeza que me causaba el olor a pintura, por el rumor de la autopista. Echaba de menos a Rodrigo. A partir de las siete comenzaron a

salir los autos del estacionamiento subterrá-
neo, cada vez con mayor frecuencia. A eso
de las nueve se hizo una calma y me dormí,
solo para que Margarita me despertara con
una bandeja de desayuno veinte minutos
más tarde.

Mi madre no se levantó. Su bronquitis había recrudecido. Culpó al polvo que
había respirado durante la mudanza. Estuvo una semana en cama. Tal vez el cambio
de casa la había extenuado y deseaba que la
atendieran. Quizás fue su manera de decir
que no quería estar ahí.

El departamento nunca llegó a estar
del todo ordenado. Hasta el final hubo cajas sin desarmar debajo del escritorio. Tampoco se realizó un almuerzo ni una comida
para inaugurarlo. Jamás vi flores frescas en
un jarrón. Ese lugar fue solo un enlace entre
lo que ella concibió como el fin de su vida y
el momento de su muerte.

La luz que vertía la ventana le llegaba de soslayo. Yo observaba el hemisferio oscuro de su rostro. Un suave vello le sombreaba el labio superior y su piel se había vuelto coriácea. Parecía un viejo que hubiera pasado la vida al sol. Dijo sentirse sola; nos extrañaba más en ese departamento que cuando estaba en la casa de Las Salvias. No tocó la ensalada y apenas probó los ñoquis que ella misma había preparado. Esa tarde iría al doctor. Se sentía cansada y le dolían los huesos.

Fabiola me llamó la tarde siguiente desde la Clínica de la Universidad Católica, donde se había internado la mamá por orden del doctor Bossard. Durante la noche había tenido fiebre y dolores en todo el cuerpo. ¿Dijo leucemia?

Recibí la noticia como si fuera una falsa alarma. Llamé a Rodrigo. Me pidió que lo esperara en casa para acompañarme a la clínica. Encontramos a mi madre con el respaldo de la cama alzado y en una disposición de ánimo insólita. Coqueteó con Rodrigo, a mí me dio un beso haciéndolo resonar en la garganta.

Saqué a Fabiola al pasillo.

—¿No sabe?

—¿Quién?

—¡La mamá! Está como si no pasara nada.

—No ha recibido un diagnóstico definitivo, pero sabe que seguramente tiene leucemia. No sé si el doctor le habrá dicho que sospecha que es la de peor pronóstico.

—¿Le dieron algún calmante?

—No que yo sepa. Le pusieron suero y un antiinflamatorio.

—¿Entonces por qué está tan contenta?

Esa noche volvió a tener dolores y fiebre. Me quedé a solas con ella. Comenzó a delirar. Se quejaba entre balbuceos, completamente ida. De pronto su boca se abrió en una mueca grotesca. Solo entonces comprendí que se moría.

Salí de la habitación. Me apoyé contra la muralla del pasillo y respiré profundo para no gritar. Pasó una enfermera frente a mí y su indiferencia me violentó. Tuve la alucinación de que pasaba delante de mí cientos de veces y el gesto de su boca se iba deformando progresivamente hasta abrirla del mismo modo en que lo había hecho mi madre.

Cuando supe que no perdería el control, volví a entrar. Eché un vistazo alrededor para sacarme el presentimiento de que había alguien más en el cuarto. Fui hasta el baño y encendí la luz. Regresé al lado de mi madre, le puse la mandíbula en su lugar, apoyé bien su cabeza en la almohada, le pasé la mano varias veces por su frente húmeda y luego la besé en la boca. Todavía hoy puedo revivir el calor de la fiebre en sus labios.

Los nuevos exámenes confirmaron el diagnóstico. El doctor fue vago respecto a los meses de vida que le restaban. Un amigo de Franco, urólogo de la clínica, pasó a verla y nos contó que su madre había muerto de lo mismo. Había durado dos meses apenas. No debíamos hacernos ninguna ilusión.

Tuvo una rápida mejoría con los primeros tratamientos. Una quimioterapia en pastillas, antibióticos y antiinflamatorios. Se sentía bien y pidió regresar al departamento. La llevé en mi auto. Cruzamos Santiago a media tarde. El verde de los parques junto al río Mapocho salvaba a la ciudad de su atmósfera descolorida, mientras el perfume de mi madre llenaba la cabina sin llegar a encubrir el olor a medicamentos que brotaba de su cuerpo.

—Son las manos de tu abuelo —dijo mirándose sus prominentes articulaciones—. Son tus manos también. Tú heredaste todas mis cosas buenas y mis cosas malas.

—Las buenas han sido suficientes para tener una buena vida.

—Y en mi caso lo serán para tener una buena muerte.

—Mamá, está mucho mejor.

—Estoy en paz. Solo me preocupa que tú y tu hermano sigan peleados —continuaba mirándose las manos, queriendo quitarles peso a sus palabras.

—No se preocupe por eso.

Negó con la cabeza, pero con un compás muchísimo más lento del que yo la había visto emplear en otras ocasiones. Había algo frío y determinado en su gesto. Luego bajó la ventana y dejó que el viento le diera en la cara, un acto de arrojo en quien lograba percibir la más débil corriente de aire que pudiera afectar sus pulmones.

—Hay algo que tú no sabes.

Como si se sacara de encima el pesado abrigo de la ternura, desprendiéndose de los gestos precavidos con que se abría camino hacia la intimidad de sus hijos, me dijo:

—Tú adoras a tu hermano. Lo adoras tanto como a mí.

—No es cierto.

—Lo quieres tanto que te duele reconocerlo. De niños eran inseparables. Tú ibas detrás de él, preguntándole todo. Querías que te mirara, no había otra atención que valiera más que la suya. Si él se reía de alguna de tus gracias, saltabas de contento. ¿Te dolió cuando supiste que estaba enferma?

Nos detuvimos en una luz roja. Ella tenía la cabeza apoyada en el cojinete alto y el pelo en desorden. Los diez minutos que se había tomado Fabiola para peinarla antes de salir fue tiempo perdido. Giró la mirada hacia mí en espera de una respuesta, un gesto de sinceridad entre iguales.

—Sí, mucho.

—Lo mismo vas a sentir si pierdes a tu hermano. Eras cinco años menor y él prefería estar contigo antes que salir a jugar con sus amigos de la cuadra. Si llorabas, si te enfermabas, él se quedaba a tu lado hasta que estuvieras bien.

Detrás de esa vieja historia punzaba la determinación de mi madre de alcanzar un punto doloroso.

—Puede ser.

Habíamos llegado al estacionamiento de visitas, con las ventanas del departamento observándonos.

—Lo único que les pido es que se perdonen.

—¿Perdonar que me amenazara con matarme?

—Tú sabes que jamás haría una cosa así.

—¿Por qué dejó que regalara las plantas, mamá?

Me asomaron lágrimas a los ojos.

—Hay cosas en la vida, hijo, que no se pueden cambiar.

Sacó su pañuelo de la pulsera del reloj y mientras me limpiaba la cara, añadió:

—Perdónelo, va a vivir más tranquilo.

Margarita nos esperaba con la puerta abierta. Se empinó sobre sus pequeños zapatos para darle un beso y un abrazo a su querida señora Luisa. Se alegraba tanto de verla. Ella iba a cuidarla, no tenía que preocuparse de nada. Me arrebató la bolsa de ropa que yo cargaba y partió rumbo a los dormitorios. Mi madre se tomó de mi brazo para ir hasta la terraza. Con esa sutil manifestación de debilidad me hizo recordar que se moría. Fabiola había comprado un sofá de tres cuerpos y dos sillones en un material que imitaba el ratán, resistente a la intemperie. Mi madre se sentó cercana a la proa volada de ese espacio de planta cuadrangular. Sus ojos se movían como si estudiara un lugar desconocido. La autopista atronaba a esa hora de la tarde. Dentro de poco llegarían mis hermanos. En la mesa de centro con cubierta de vidrio, junto a un ánfora hecha por Fabiola, había una jarra de pisco sour y otra de agua, copas flauta y vasos, un plato de galletas untadas con la mezcla de mantequilla y queso gorgonzola que tanto le gustaba a mi padre. Ella no probó ni lo uno ni lo otro.

Yo comí galletas sin parar hasta acabar con todas. En cierto momento, mi madre detuvo la vista en los tuliperos y dijo una de las frases más terribles de su vida:

—Cuánto daría por estar mirando ahora mi jardín.

Dejé pasar un rato antes de preguntar:

—¿Qué planta le gustaría ver, mamá?

—La azalea salmón, mijito. Todavía debe tener flores.

En Puchuncaví las plantas habían quedado en barbecho, a la espera de su lugar definitivo. Pero pasado el invierno, la azalea salmón no había vuelto a brotar. Quizás el pan se desarmó y les entró aire a las raíces, quizás el aire salino no le acomodó. De esa azalea solo quedaban unas cuantas varas, nada más. Había sido una planta difícil de reproducir, delicada de cuidar. No era extraño que no se dejara trasplantar.

—Yo se la traigo.

Estuvo bien durante dos semanas, hasta que volvieron los dolores y las fiebres vespertinas.

Una noche, el mismo fletero que nos había ayudado con los viajes anteriores, trajo desde Puchuncaví una azalea molli naranja con un viso fucsia y hábito globoso. Estaba cubierta de flores. Creí que en la situación en que se encontraba, mi madre no haría tantas distinciones y se alegraría de verla. El doctor le había recomendado que en las mañanas se levantara y caminara por el departamento. Así que al día siguiente llegué a tiempo para acompañarla a dar su trabajoso paseo matutino.

—Mire, mamá, le traje la azalea salmón —la había puesto en una de las esquinas de la terraza, el pan de tierra oculto dentro de un macetero de greda.

Levantó la vista y dijo molesta:

—Esa no es, mijito.

—Pero mire lo bonita que está, toda florecida.

—Cualquiera puede tener una azalea como esa.

Los riñones fueron los primeros en fallar. Podía someterse a diálisis, pero el doctor nos advirtió que solo sería una forma de prolongar su agonía. Luego fallaría otro órgano y otro más. Desde la médula de sus huesos brotaban glóbulos blancos malformados que destruían lo que encontraban a su paso. Nos recomendó que la lleváramos de vuelta a la clínica para poder manejar el dolor y hacerle transfusiones periódicas. Pensé que daba lo mismo dónde muriera si no podía hacerlo en su casa de Las Salvias.

Cuatro días más tarde, el doctor nos citó a su consulta cercana a la clínica, ubicada en un edificio de tres pisos con revestimiento de cristal. Nos anunció que

nuestra madre no viviría más de una semana. El cuerpo había comenzado a apa-
garse a causa de la agresión que sufría. Nos
pidió autorización para subir las dosis de
morfina. Salimos a Diagonal Paraguay con
apuro, incómodos, malhumorados. Camino de regreso a la clínica, con voz fuerte
para que Franco y Fabiola me oyeran por
sobre el fragor del tráfico, sugerí que les
avisáramos a sus amigas de Viña, para que
tuvieran tiempo de venir a despedirse. Fabiola llegó a gritar para oponerse a la idea.
Mi madre jamás querría que la vieran en
ese estado. ¡Si no era más que un pellejo!
Tenía que acordarme de lo pretenciosa que
era. Nos sentamos alrededor de una de las
tantas mesas de formalita que ocupaban
el inhóspito y ruidoso casino de la clínica.
Desde las altas ventanas se derramaba una
luz cegadora.

—¿Y por qué no le preguntamos a
ella? Son amigas desde antes que nosotros
naciéramos.

Nos volvimos hacia Franco en busca
de su opinión.

—Dejen de discutir estupideces —fue
lo único que dijo.

Desde que mi madre enfermó no me
había dado tiempo para observarlo. La tenacidad de su mirada y el gesto de creerse
sabedor de los motivos y consecuencias de

cada hecho se habían desvanecido. Inconscientemente, yo me había negado a la posibilidad de que estuviera sufriendo. Se veía tan indefenso. ¿Se sentiría culpable?

Mi madre quiso ver a sus amigas viñamarinas, a cada uno de nosotros, a su yerno, su nuera y sus ocho nietos. Ah, y que no se me olvidara la tía Giannina. Tuvo tiempo de despedirse de cada uno antes de perder del todo la conciencia. Con algunos se mostró más entera que con otros. A mí me dijo que se iba en paz. Pidió que el padre Andrés le diera la extremaunción. Murió un lunes de principios de noviembre, a las diez de la noche, con Franco, Fabiola y yo a su lado. Poco antes de morir, abrió los ojos un instante, con expresión de doloroso asombro. Me acerqué a besarla por última vez y bajo la pálida luz de la habitación volví a ver al viejo que había pasado la vida a pleno sol. Estuvimos unos minutos a solas con el cadáver. Después Fabiola me pidió que llamara a la enfermera.

A la salida del cuarto me encontré a la tía Giannina. Me tuve que doblar por la cintura para recibir su abrazo. No hizo falta que le dijera que mi madre había muerto. Me tomó por los codos con fuerza y dijo en un alto tono de voz, mezcla de reprimenda y de sordera:

—Tu mamá se murió porque la sacaron de su casa.

Jamás se había privado de decir lo que pensaba. En eso se parecía a mi padre.

Fabiola la maquilló y la vistió. Franco se encargó de los trámites en la funeraria y el cementerio. Yo tuve que preocuparme de la iglesia, de conseguir a alguien que cantara durante la misa. Fui a casa de Fabiola e hice un ramo con las últimas flores de la azalea rosada. Se veía algo desordenado porque las ramas no eran rectas, pero recordaba la misma torcida y nubosa armonía de la azalea. La misma torcida y nubosa armonía *la flor como la mamá* del carácter de mi madre.

Después del entierro en el Cementerio General nos fuimos al departamento. Hermanos, cuñados, algunos de mis sobrinos. Margarita había cocinado antes de que yo pasara a buscarla esa mañana. Nos sirvió uno de los platos tradicionales de los almuerzos sabatinos que mi madre organizaba cuando mi padre todavía estaba vivo: lomo de chancho relleno con ciruelas, acompañado de papas doradas; en el centro de la mesa circular, una ensaladera rebosaba de apio con palta y nueces.

Comenté un encuentro que tuve a la salida de la iglesia. Una mujer esquelética y distinguida, de pelo canoso y piel suelta, se acercó hasta mí. Se presentó como la dueña de un vivero privado de plantas acidófilas. Apoyó su blanca mano manchada por el sol en uno de mis antebrazos. Con su voz áspera y a la vez temblorosa me dijo sin mirarme a los ojos que las mejores conversaciones de su vida las había tenido con mi madre. Hablaban de plantas la mayoría de las veces, Luisa sabía más de jardines que cualquiera, pero lo que siempre le había asombrado era su capacidad para despertar confianza en los demás. A mi madre le había contado cosas que no le había dicho a nadie. Y ella no era de las que iba contándole cosas a la gente por ahí.

Fabiola apenas hablaba. Tenía los ojos húmedos y enrojecidos. Pero no de tanto llorar. La había visto más bien inexpresiva durante las ceremonias. Por consejo de una cuñada, había tomado un ansiolítico que le había hecho más efecto del esperado. Para romper el silencio, Franco comentó que en la misa no faltó ninguno de los representantes de Honda en Chile, y que le había dado gusto ver a algunos de los amigos de nuestro padre.

—¡Qué viejos están todos! Me dio risa ver a la tía Giannina tranqueando por las calles del cementerio con la vista puesta en el suelo.

—La tía Giannina dijo que la mamá murió porque la sacamos de la casa.

Lo dije sin pensarlo, como si esa posibilidad hubiera estado tan presente en las conciencias de mis hermanos como lo estaba en la mía. Franco levantó la vista del plato y se quedó mirándome con la expresión congelada, como si por un momento dejara de ser sí mismo; su mujer lo miró a él; Fabiola continuó abstraída, sin fuerzas para darme la razón o rebatirme; y fue Alfredo, su marido, sentado más recto que cualquiera de nosotros, quien sentenció con voz ecuánime la historia oficial de lo ocurrido:

—Si se hubiera quedado en la casa de Las Salvias, la señora Luisa habría muerto de la misma enfermedad, el mismo día.

Me levanté y fui hasta la terraza. La azalea había perdido todas sus flores. Dirigí la vista hacia los tuliperos y recordé las varas de la azalea salmón. Hubiese querido que volvieran a brotar.

perdió las flores
como la mujer
perdió su vida

www.alfaguara.com/cl

Argentina
www.alfaguara.com/ar
Av. Leandro N. Alem, 720
C 1001 AAP Buenos Aires
Tel. (54 11) 41 19 50 00
Fax (54 11) 41 19 50 21

Bolivia
www.alfaguara.com/bo
Calacoto, calle 13 n° 8078
La Paz
Tel. (591 2) 279 22 78
Fax (591 2) 277 10 56

Chile
www.alfaguara.com/cl
Dr. Aníbal Ariztía, 1444
Providencia
Santiago de Chile
Tel. (56 2) 384 30 00
Fax (56 2) 384 30 60

Colombia
www.alfaguara.com/co
Calle 80, n° 9 - 69
Bogotá
Tel. y fax (57 1) 639 60 00

Costa Rica
www.alfaguara.com/cas
La Uruca
Del Edificio de Aviación Civil 200 metros
  Oeste
San José de Costa Rica
Tel. (506) 22 20 42 42 y 25 20 05 05
Fax (506) 22 20 13 20

Ecuador
www.alfaguara.com/ec
Eloy Alfaro N33-347 y 6 de Diciembre
Quito
Tel. (593 2) 244 66 56
Fax (593 2) 244 87 91

El Salvador
www.alfaguara.com/can
Siemens, 51
Zona Industrial Santa Elena
Antiguo Cuscatlán - La Libertad
Tel. (503) 2 505 89 y 2 289 89 20
Fax (503) 2 278 60 66

España
www.alfaguara.com/es
Av. de los Artesanos, 6
28760 Tres Cantos, Madrid
Tel. (34 91) 744 90 60
Fax (34 91) 744 92 24

Estados Unidos
www.alfaguara.com/us
2023 N.W. 84th Avenue
Miami, FL 33122
Tel. (1 305) 591 95 22 y 591 22 32
Fax (1 305) 591 91 45

Guatemala
www.alfaguara.com/can
7ª Avda. 11-11
Zona n° 9
Guatemala CA
Tel. (502) 24 29 43 00
Fax (502) 24 29 43 03

Honduras
www.alfaguara.com/can
Colonia Tepeyac Contigua a Banco Cuscatlán
Frente Iglesia Adventista del Séptimo Día,
  Casa 1626
Boulevard Juan Pablo Segundo
Tegucigalpa, M. D. C.
Tel. (504) 239 98 84

México
www.alfaguara.com/mx
Avda. Universidad, 767
Colonia del Valle
03100 México D.F.
Tel. (52 5) 554 20 75 30
Fax (52 5) 556 01 10 67

Panamá
www.alfaguara.com/cas
Vía Transísmica, Urb. Industrial Orillac,
Calle segunda, local 9
Ciudad de Panamá
Tel. (507) 261 29 95

Paraguay
www.alfaguara.com/py
Avda. Venezuela, 276,
entre Mariscal López y España
Asunción
Tel./fax (595 21) 213 294 y 214 983

Perú
www.alfaguara.com/pe
Avda. Primavera 2160
Santiago de Surco
Lima 33
Tel. (51 1) 313 40 00
Fax (51 1) 313 40 01

Puerto Rico
www.alfaguara.com/mx
Avda. Roosevelt, 1506
Guaynabo 00968
Tel. (1 787) 781 98 00
Fax (1 787) 783 12 62

República Dominicana
www.alfaguara.com/do
Juan Sánchez Ramírez, 9
Gazcue
Santo Domingo R.D.
Tel. (1809) 682 13 82
Fax (1809) 689 10 22

Uruguay
www.alfaguara.com/uy
Juan Manuel Blanes 1132
11200 Montevideo
Tel. (598 2) 410 73 42
Fax (598 2) 410 86 83

Venezuela
www.alfaguara.com/ve
Avda. Rómulo Gallegos
Edificio Zulia, 1°
Boleita Norte
Caracas
Tel. (58 212) 235 30 33
Fax (58 212) 239 10 51

Este libro se terminó de imprimir
en el mes de septiembre de 2014,
en los talleres de CyC Impresores,
ubicados en San Francisco 1434,
Santiago de Chile.